CHUANGYI YINGXIAO · SHOUHUI POP

创意营销 · 手绘pop

娱乐
YULE

主编
陆红阳　喻湘龙
编著
陈建勋　熊燕飞
周　洁

广西美术出版社

目录

POP 起源于美国的超级市场和自助商店里的广告，是英文 "Point of Purchase" 即 "购买点的海报" 的缩写。它是商品进入流通领域后的最后一种广告形式，目的在于引起消费者的注意和兴趣，并最终促成购买，因此也称为 "终点广告"。POP 的制作简单，形式新颖活泼，成本低廉，在招揽顾客和促进消费方面有着其他广告形式不可替代的作用，越来越受到广大商家和消费者的重视和喜爱。手绘 POP 则是运用得最广、最迅速的手法。虽然现在科学技术不断发展，电脑绘图的使用越来越广泛，但手绘的字体和形象，仍以电脑无法替代的亲和力，吸引着消费者的兴趣和注意。

在不同的场合，POP 扮演着不同的角色。POP 的表现形式可分为悬挂式 POP、立牌式 POP、立体式 POP 等。按内容分，又可分为百货 POP、节庆 POP、校园 POP、餐饮 POP、电子 POP、公益 POP 等。在节庆、娱乐、旅游等人文味较浓的消费场合，手绘 POP 以其亲切可爱的形象、方便快捷的表现、低廉的制作成本，成为最适合于宣传和诱导消费的广告形式。手绘 POP 通常使用大众容易接受的卡通形象为插图，插图和简短的手绘文字相配合，或幽默，或夸张，形式活泼，烘托出节庆或娱乐气氛。工具上多采用马克笔，也有使用水粉颜料的。各种丰富的形象和手绘字体不但可以延长顾客视线的停留时间，还可以装点环境，增添商场或娱乐场所的气氛。本书的重点在于向读者展示节庆娱乐和旅游项目的 POP 广告的实际运用。商业提示性的 POP，包括店面开张、娱乐休闲等，因为要面向大众，适应现今人们快速的生活节奏，要求这类 POP 广告在制作时应避免文字说明冗长、烦琐，重点突出主题，首先吸引路人特别是年轻人的眼光，内容只要简洁明了地表达即可。节庆 POP 也要求简洁大方，但更重要的是考虑如何将节庆隆重而热闹的气氛更好地烘托出来。旅游 POP，则要显得休闲而又有趣味，文字说明要把旅游地点的特色简要地表达出来。无论采用哪种绘画手法，亲和的形象、手绘的字体、巧妙的色彩运用，始终是沟通消费者与商家的情感的关键。

POP 的字体绘制，不必写得像印刷体那样端正稳重，夸张变化的笔画，更能得到消费者的喜爱。对写出的字体进行适当的装饰是十分必要的，这样文字不至于显得单薄而且又丰富了画面的感觉。在图形的使用方面，除了可爱的卡通形象外，点、线、面的结合运用和装饰对于画面的效果也至关重要。单纯的图形和文字往往还不能构成一张视觉感觉比较完整的 POP 作品，往往要结合传达内容的需要，在其中穿插各种形式的点、线和其他图形，才能使画面感觉效果完整。在色彩的运用方面也应简洁明快，大面积的色块应着重表现所传达的气氛和信息，只有这样，色彩才能更好地辅助文字内容，产生良好的视觉效果。节庆娱乐的 POP，颜色并非越花哨越好，而是要和传达内容相适合。

在本书中，我们选入了一批表现形式、风格各异的手绘 POP 作品。由于时间与篇幅的局限，在内容上难免有所欠缺，我们将在今后的工作中补充、改进，希望本书能起到抛砖引玉的作用。

娱乐营销

都市

POP

卡通形象是POP常用的手法。

创意营销·手绘pop

文字鲜明显眼。

色彩的运用很有趣味感哦!

黑色和红色的结合运用，很有恐怖感。

版面匀称大方，色彩使用得很好。

幽默的卡通，给人快乐的感觉。

色彩对比鲜明强烈，让人过目不忘哦！

时尚而有个性。

主色调显出很休闲的感觉。

背景蓝色和黄色的强烈对比，像是要把被压抑的欲望释放出来一样。

好恐怖的字体，吓死人了。

色彩运用得很好，调子统一而有对比。

版面简洁大方，均衡饱满。

字体醒目大方。

有趣的动物形象。

土红色给人以陶土般的亲切感。

版面活泼大方。

不一定非要蓝色才能体现海的感觉哦!

这样可爱的恐龙你不想看看?

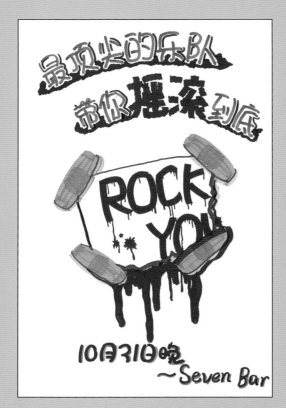

摇滚到你流鼻血。

浅黄色表现和儿童有关的主题是最适合不过的了。

装饰性的背景线条，像阵阵音乐扑面而来。

巧妙的轮廓，起到了统一画面效果的作用。

粗犷随意的线条，绘画形式感很强，给人丰富的想象。

冷色的使用，给人清凉的感觉。

POP 也可以采用写实的图形。

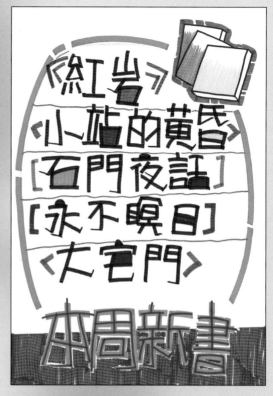

内容没法起死回生，就在表现手法上动作吧。

方格的运用，加强了主题感觉。

精美的海报，情调自然流露。

色彩的运用使画面显得很清新。

特别的插图有特别的感觉。

粗体的主题字粗犷有力，十分抢眼。

背景线条的装饰很有意思。

字体和图画也要和"节"相结合。

文字和背景搭配得很好，主次分明，主题突出。

色彩鲜明突出。

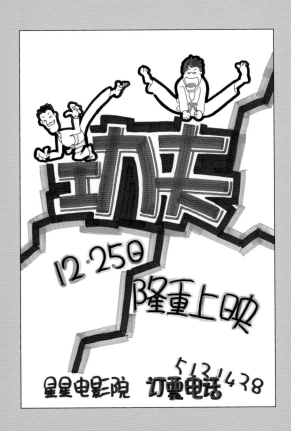

色彩搭配得丰富而不凌乱。

这样的构图，主题能十分突出。

红色的主题字，十分抢眼。

蓝色最适合表现和水有关的主题。

文字的编排和书写可是见真功夫的哦！

很可爱的恐龙形象。

装饰的线条，像叫卖一样吸引人注意。

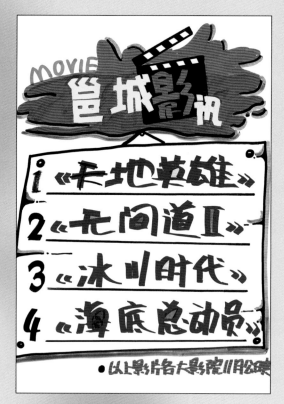

图形、文字可都绘制得不错哦！

背景的小星星，加强了浪漫的感觉。

在背景上点一些密集的点，能够丰富页面。

把经典的题材用幽默的手法表现出来，也是吸引人的办法哦！

色彩的运用，衬托出狂欢的气氛。

可爱的青蛙，让人十分喜欢农村的环境。

文字和图形的自然表达。

迪士高就是要酷哇。

色彩的使用使人很容易联想起陶土的色彩。

灿烂的色彩运用，给人五光十色的幻想。

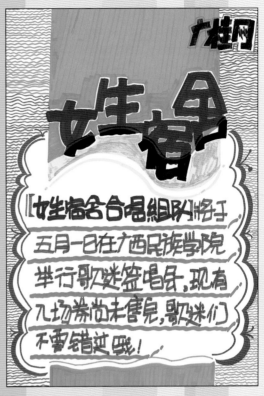

大色块的搭配和文字的书写都不错。

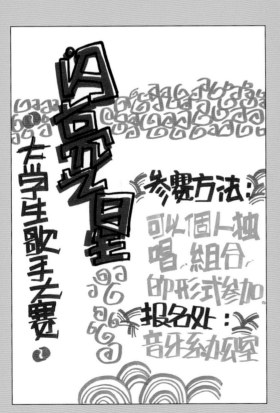

装饰性的纹样可是经常要用到的，怎样用得好，你
可以参考这幅作品哦！

这也是一个背景装饰纹样用得较好的例子。

版面的组织真是让人乐在其中。

主题字往往要加以装饰。

卡通是POP常用的绘画手法。

令人回味的幽静。

色调的表现不错。

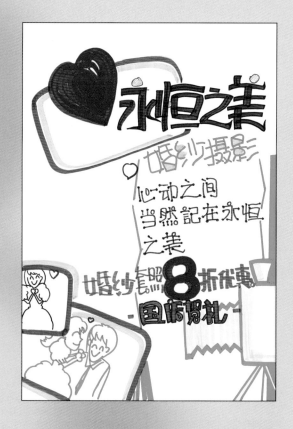

画面简洁明确，醒目大方。

娴熟地绘制出多种POP字体是丰富画面的有效途径。

构图匀称饱满，主题突出。

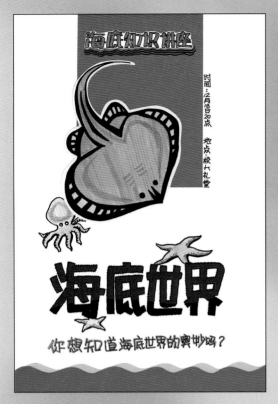

构图简洁大方。

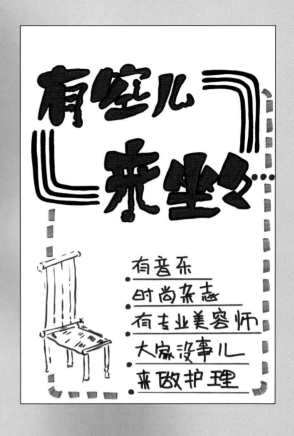

这幅 POP 画得很精美。

画面干净利索，字体变化巧妙。

缤纷的色彩呈现出歌舞厅五光十色的特点。

主题突出，十分醒目。

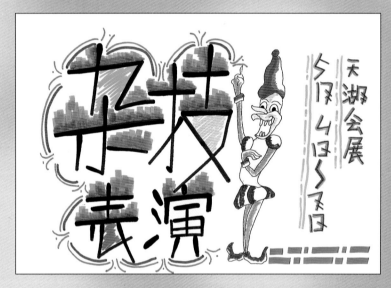

文字的设计可以根据主题的需要作变化。

文字可以采用各种装饰手法。

卡通形象很有趣。

蓝色能够表现雪地的洁白明净。

拟人化的动物形象很可爱。

画面简洁大方，主题明确。

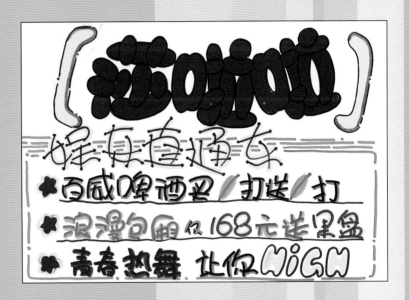

用蜡笔也能画出很好的POP作品。

字体的书写别有一番风味。

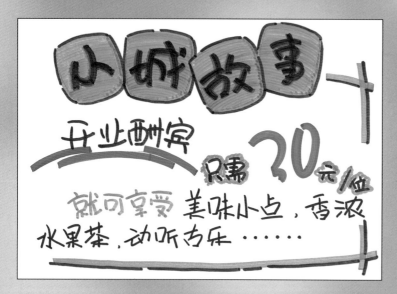

好可爱的卡通形象。

卡通的形象很有意思。

柠檬黄和湖蓝的色彩搭配，怎么看都舒服。

装饰线条运用活泼而不凌乱。

主题突出，很有意思。

娱乐营销

节日

PLP

鲜花是献给母亲的礼物。

闪烁的火花把元宵节的气氛衬托了出来。

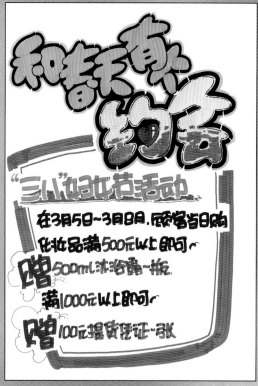

画面明确大方，主题突出。

儿童节的气氛衬托得很好。

文字可以形象化处理。

有趣幽默的手法。

人物形象很有意思。

用鞭炮表达喜庆。

圣诞的浪漫气氛一点不少哦!

精美的卡通,更显出节日的感觉。

文字可以像圣诞树一样叠放在一起。

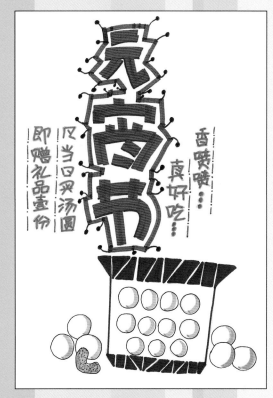

元宵节当然离不开汤圆啦。

乱涂的线条，就像狂欢时的兴奋感觉。

构图集中，主题明确。

小天使很有趣。

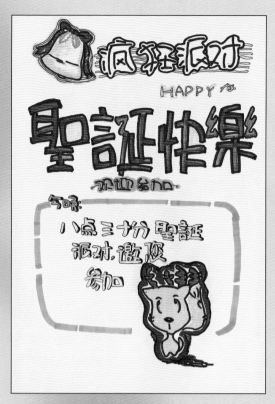

卡通形象很有意思。

愚人节的礼品，都在这里哦！

色彩的搭配很舒服。

红色最适合表现中国人的节日。

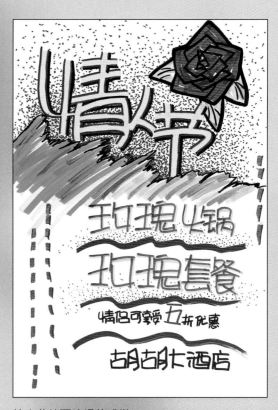

情人节就要浪漫的感觉。

传统的节日，就用传统的图案装饰。

心形是最能代表情人节的图形。

画面形象有趣，适当表现了"闹"的感觉。

画面简洁但意味深远哦！

小狗的形象很可爱。

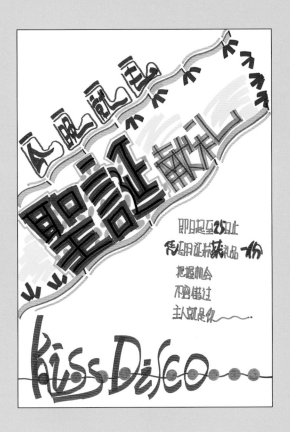

文字的书写和装饰都很好。

画面形象很有意思哦!

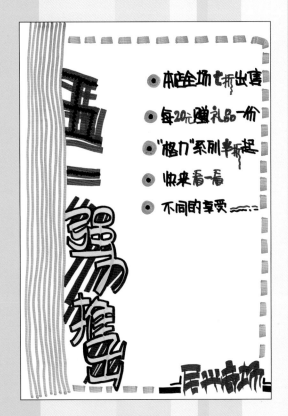

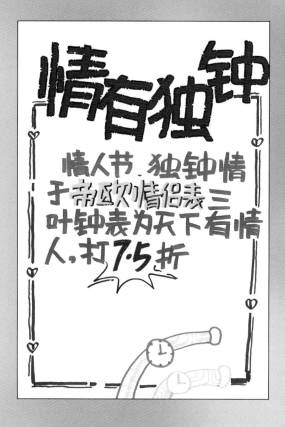

圣诞节的气氛很浓。

文字写得很饱满。

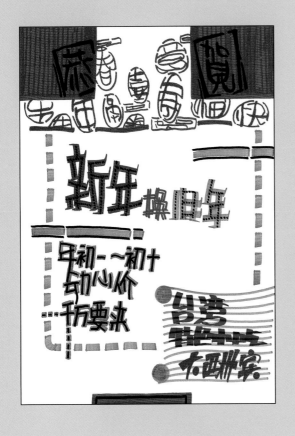

缤纷的圣诞树，让人眼花缭乱。

色彩的搭配和运用很不错。

元宵灯会

时间 正月十五日至十六日晚

地点 夫子庙步行街

很有意思的想法。

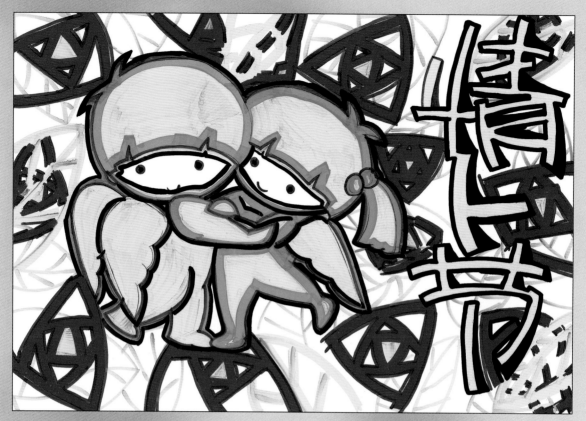

可爱的小天使形象。

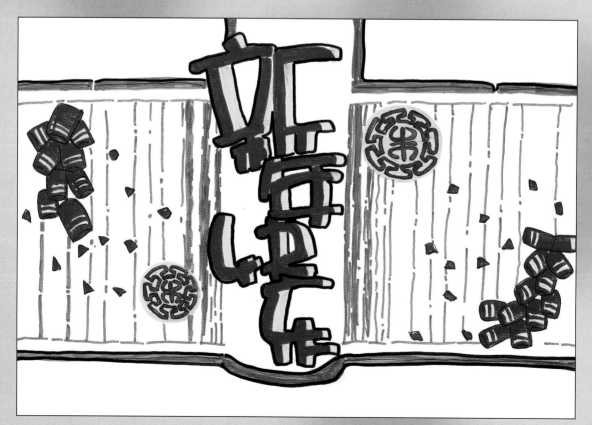

喜庆的气氛十足。

画面活泼，色彩搭配得当。

卡通形象很可爱哦！

色彩搭配得醒目显眼。

可爱的小熊形象。

简洁的色块运用。

背景图案运用得很好。

娱乐营销

旅游

POP

典型的校园 POP，够 "稚气"。

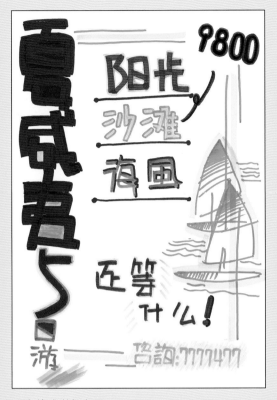

阳光的感觉很充足。

色块之间的相互衬托关系很好。

够土的异域风情。

可爱的长颈鹿形象。

精致细腻的画面引人注目。

可爱的河马形象。

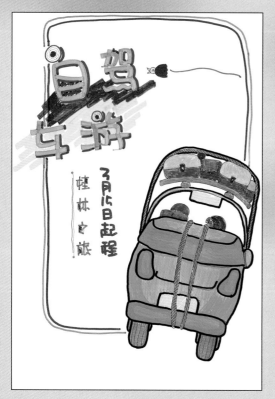

图形和文字在画面中起到很好的呼应作用。

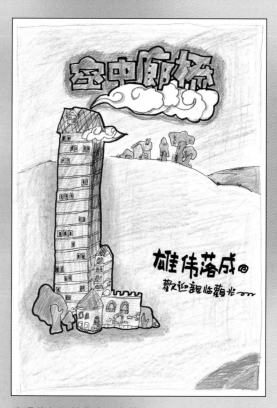

浪漫的色调总是令人向往。

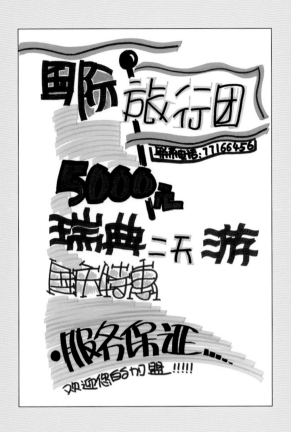

靠底纹衬托出的画面感觉很美妙。

主题突出，色彩醒目大方。

有序是POP的基本要素。

海边的感觉很好。

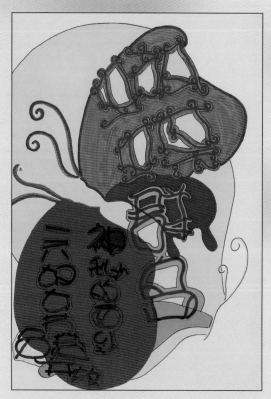

色块的搭配很好，色彩对比鲜明又十分协调。

指引式构图，起到引导视线的作用。

有趣味的装饰底纹。

给人海边的遐想。

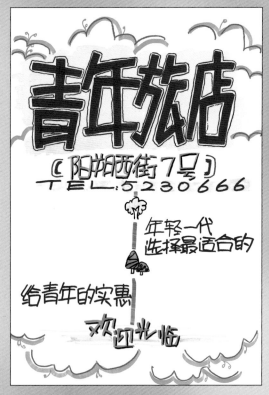

蓝、黄、草绿都是青年的颜色哦。

生动的植物，给人直接的视觉享受。

拟人化的形象显得很有趣味。

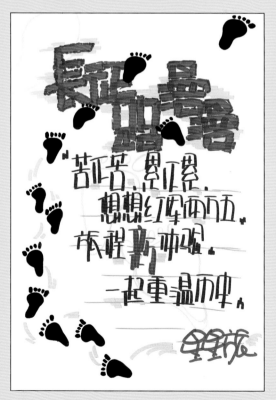

用脚印表示远足，也是有意思的创意。

常见的POP版式，版面编排很合适。

主次分明，文字编排合理。

文字的笔画可以有很多创意。

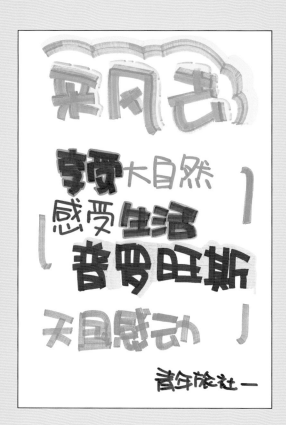

插图的表现力不可忽视哦!

文字的编排很有条理。

绿色的大色块，更显出森林的感觉。

背景的路线，不仅指明了旅游的线路，也串联了整个画面。

画面内容虽多，但很有条理。

狂放的文字，更显出狂欢的感觉。

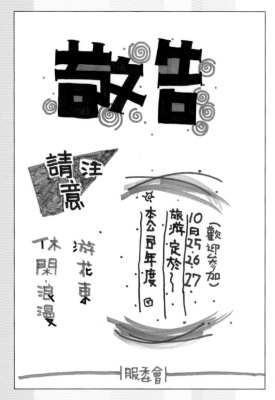

构画虽散，但主次分明。

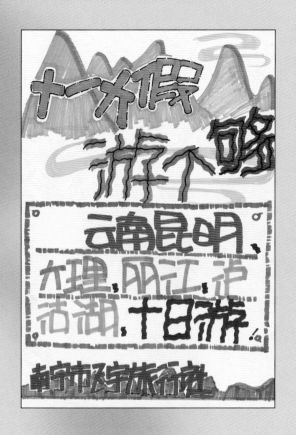

画面显现出田园好风光。

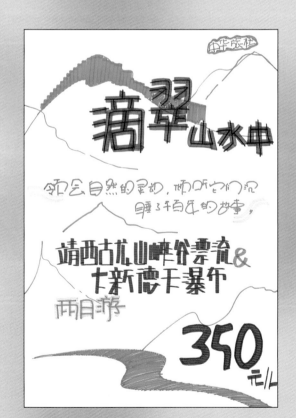

雪地的表现很精彩。

浅蓝色的标题字显出清凉的感觉。

原始人的形象很有趣味。

色彩对比鲜明大方。

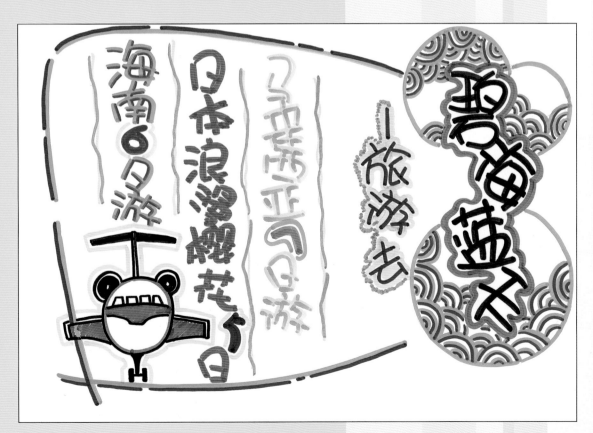

装饰图形的运用很巧妙。

大头人物显得很有趣味。

儿童乐园的POP，可以画得很有童趣。

色彩处理有水的感觉。

草绿色调子能衬托森林主题。

画面形象很有意思哦!

版面编排活泼，卡通形象有趣。

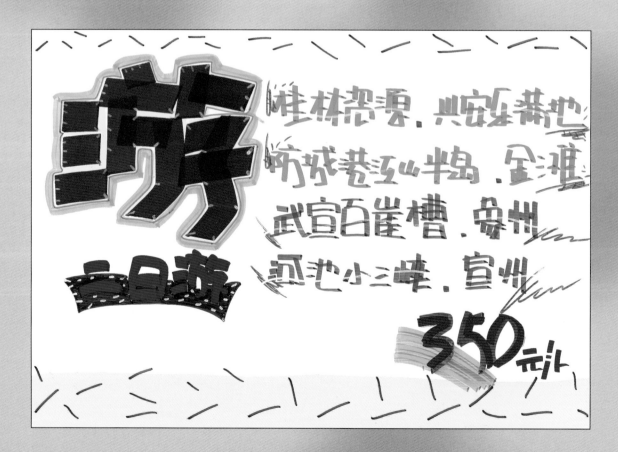

活泼可爱的人物形象。

文字编排得不错。

图书在版编目（CIP）数据

创意营销·手绘POP.娱乐/陆红阳，喻湘龙主编．—南宁：广西美术出版社，2005.6
ISBN 7-80674-370-7

Ⅰ.创... Ⅱ.①陆...②喻... Ⅲ.商业广告-作品集-中国-现代 Ⅳ.J524.3

中国版本图书馆CIP数据核字(2005)第065848号

本册作品提供：

龙晓晖　陈克强　罗　菲　陈雪菲　梁丽英　钱　康　黄绍佳　张宁英　阮　霞　刘　畅
黄　团　韦艳芳　何　莎　古佳永　熊燕飞　周庭英　高　璇　张文慧　蒋　婷　吕敏桦
钟绮霞　李　说　李今铭　陈　晨　王雯雯　初大伟　秦艺荥　李　阳　何冬兰　陈夏嫦
苏羽凌　韦竞翔　韦　燕　周　晗　张　静　邓海莲　谢晓云　罗立星　王　憾　周　洁
陈成华　陆　超　姚　熙　陈顺兰　卢德梅　钱　康　周　毅　龙　毅　郭　妮　甘伶玲
李今铭　莫　凡　李　阳　韦　琳　张　琨　罗人宾　方元辉　周　晗　周景秋　罗　军
黄　暄　陈　旭　游　力　赵先慧　钟国伟

创意营销·手绘POP
娱乐

顾　　问／柒万里　黄文宪　汤晓山　白　瑾
主　　编／喻湘龙　陆红阳
编　　委／陆红阳　喻湘龙　黄江鸣　黄卢健　叶颜妮　黄仁明
　　　　　利　江　方如意　梁新建　周锦秋　袁莜蓉　陈建勋
　　　　　熊燕飞　周　洁　游　力　张　静　邓海莲　陈　晨
　　　　　巩姝姗　亢　琳　李　娟
本册编著／陈建勋　熊燕飞　周　洁
出 版 人／伍先华
终　　审／黄宗湖
图书策划／姚震西　杨　诚　钟艺兵
责任美编／陈先卓
责任文编／符　蓉
装帧设计／阿　卓
责任校对／刘燕萍　欧阳耀地　尚永红
审　　读／林柳源
出　　版／广西美术出版社
地　　址／南宁市望园路9号
邮　　编／530022
发　　行／全国新华书店
制　　版／广西雅昌彩色印刷有限公司
印　　刷／深圳雅昌彩色印刷有限公司
版　　次／2005年8月第1版
印　　次／2005年8月第1次印刷
开　　本／889mm×1194mm　1/16
印　　张／5.5
书　　号／ISBN 7-80674-370-7/J·479
定　　价／30.00元